魔兔傳說SOS ⑥

利倚恩 著

沙漠大異變

岑卓華 繪

利倚恩的話

你會經常感到緊張不安，總是擔心這個擔心那個嗎？

面對不確定的事，我們會擔心，是很正常的反應。情緒和性格息息相關，什麼是適度擔心？什麼是過度擔心？並沒有一把標準的尺子去量度。

有些同學很會發揮想像力，想像中全部都是負面的事。事後，當想像中的壞事都沒有發生，才發現想像比現實恐怖。

有人會説：「不要想太多。」是的，我們都明白這個道理，但不是一句話，就能輕易從負面的情緒中走出來。這時，陷入焦慮的人最需要的，是身邊人的體諒和陪伴。

在《沙漠大異變》的故事中，希樂總是擔心太多，凡事往壞處想。怎樣才能克服焦慮帶來的煩惱呢？

幻日沙漠受到邪惡力量影響，發生不可思議的變化，神秘魔法兔出現，是朋友還是敵人？

《魔兔傳説 SOS》進入尾聲，最後兩集的大冒險充滿未知數，快來打開魔法之門，擔心太多就會錯過精彩的旅程啊！

人類世界流傳着一個都市傳說——
在成年之前，每人都有一次機會，
來到名叫「**月落之國**」的奇幻國度。
在那裏，有一間「魔兔便利店」，
人類可以在店裏找到解決煩惱的方法。

「叮咚！」店門打開了。
「歡迎光臨！」
誰是今天的幸運顧客？

魔兔便利店成員

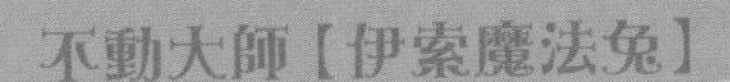

不動大師【伊索魔法兔】

店長 年齡不詳，安哥拉兔

魔法能力：高級
可以隨意召喚《伊索寓言》的角色。有智慧，懶惰，不消耗無謂的體力。

芝絲露【食物魔法兔】

廚師 12歲，道奇兔

魔法能力：初級
可以用食物製作魔法藥，動物和人類服用後，會獲得相關能力。好奇心重，愛幻想，時常出現腦內小劇場，最愛吃芝士。

芭妮【氣象魔法兔】

店員 13歲，垂耳兔

魔法能力：中級
可以控制自然現象，隨時呼風喚雨。外表嬌小柔弱，其實身手敏捷，行動力強；不喜歡魔法，如非必要不會使用。

白公子【植物魔法兔】

店員 13歲，海棠兔

魔法能力：中級
可以控制植物的活動和形態。風度翩翩，有王子氣質但自戀；自稱大偵探，但推理能力值是「零」。

月落之國國民

米克【小飛龍，哥哥】

樣子兇惡，心地善良，責任心強，最討厭被人冤枉，生氣時鼻孔會噴氣。

小卡【小飛龍，弟弟】

可愛乖巧，喜歡交朋友，只會「咿咿」叫，不會說話，但聽得懂別人的話。

莎拉姨姨【幻影魔法兔】

年齡不詳，沙漠棉尾兔

魔法能力：頂級
親切慈祥，有幽默感，負責守護幻日沙漠，可以隨意變身。

目錄

第①章 神秘人

學校出現了一個神秘人！

希樂蹲下來綁鞋帶，發現在5C班課室的門框下面，有人用粉筆寫下**神秘數字和符號**。

他馬上想起上星期的新聞報道——小偷潛入屋邨樓層，在單位門外畫記號，趁屋裏沒有人時，入屋盜竊。「慘了！有人模仿屋邨**小偷潛入學校**，其它課室也有踩點記號嗎？」

希樂慌忙巡視各個課室的門框，一發現有踩點記號，便用手提電話拍下來。

泰然站在走廊壁報板前，見到死黨希樂跑過來，指着海報說：「閱讀小組有……」

「不得了！不得了！跟我來！」希樂拉着

泰然到5C班課室門外，蹲下來低聲說：「有小偷踩點做記號，『71↑』代表什麼？」

「樓上有便利店。」泰然的語氣很輕鬆。

「所有記號都有隱藏的意思，便利店是方便下手的目標，上箭嘴就是天花板。啊！小偷想偷走投影機！」

「小偷通常捨難取易，拆掉天花板的投影機太麻煩了！」

希樂怕**隔牆有耳**，拉着泰然到樓梯轉角，打開手提電話的相簿，神色凝重地說：「我總共找到十個門框有踩點記號，全部寫在不起眼的位置。」

「哈哈！這裏寫着『88』，88是『拜拜』，不是盜竊目標。」

「不是目標就不用做記號啦！最大問題是……你跟我來！」

希樂拉着泰然走下樓梯，穿過走廊，跑

到活動室門外。

「你看！」希樂指着活動室的門框下面，有人用粉筆寫下「100 →」。

「滿分！」泰然拍拍手。

「慘了！活動室是小偷的**終極目標**。」

「活動室的電腦和投影機都是最新型號嗎？」

「你不要只顧着電腦和投影機，後日是『小學創意骨牌比賽』，我們的骨牌就放在活動室的儲物架，萬一被人偷走怎麼辦？」

「重新找材料。」泰然氣定神閒地說。

「為了參加比賽，我們足足預備了兩個月，怎麼可能在一兩天內湊齊全部材料？」

「**骨牌不是值錢的東西**，沒有人會偷走啦！」

「可能有人很討厭骨牌，可能有人想我們退出比賽，可能我們不小心得罪別人，對方懷恨在心……」

「你放心，絕對沒問題。」泰然二話不說，擦掉門框上的數字和符號。

「好主意，這樣小偷就無法下手。」

快要上課，他們趕快分頭行動，趁沒有人注意時，悄悄地擦去門框上的記號。

希樂和泰然從小認識，希樂總是擔心這個擔心那個，凡事往壞處想，容易**過度擔心**；泰然卻人如其名，凡事處之泰然。

一年前，他們一起加入骨牌小組。剛開始時，他們只是在課桌上用彩色塑膠骨牌排列成行，學會轉彎、分岔、迴旋、擴散等基本技巧後，就改在乒乓球桌或地板上玩花式組合。

他們第一次以二人組名義參加「小學創意骨牌比賽」，運用各種小道具，設計了一座高塔機關。即使練習時失敗過無數次，他們也**沒想過放棄**。

☽ ★ ☽ ★ ☽ ★ ☽ ★ ☽

第二天早上，希樂和泰然回到學校後，馬上前往活動室。

「怎會又出現了？」希樂大吃一驚。

活動室的門框下面，再次被人用粉筆寫下**「100 →」**。

「這是自動復原粉筆嗎？」泰然沒正經地說。

「你還有心情開玩笑？」希樂**擦掉門框上的記號**，衝入活動室。

儲物架上有六個白色大膠箱，全部貼上骨牌小組的標籤。他取出寫了希樂和泰然名字的大膠箱，放在乒乓球桌上，點算箱裏的東西。

「**一個都沒有少**。」希樂放心了。

「電腦和投影機還是好好的。」泰然說。

他們站在走廊觀察，沒有發現可疑人物。究竟是誰寫下神秘記號？**目的是什麼呢？**

放學後，骨牌小組成員齊集在活動室，為明天的比賽作最後練習。

劉老師想開冷氣，可是冷氣機沒有反應，開風扇會吹倒骨牌，只好打開門窗通風。

各個小組一邊計時，一邊專心堆骨牌。當希樂在高塔頂部放上鈴鐺後，泰然按停計時器：「四十三分鐘。」

「四十五分鐘內完成，太好了！」

老師和同學們紛紛圍過來，等待希樂推倒骨牌。希樂**緊張得雙手發抖**，對泰然說：「不如你來吧。」

「好的。」泰然輕輕碰倒第一塊骨牌，其餘的骨牌一塊接一塊倒下。

「叮！」骨牌成功觸碰機關，敲響塔頂的鈴鐺，希樂大叫「成功了」，然後……

骨牌在轉彎位置卡住，停下來了。

「失敗了。」希樂很失望。

「轉彎果然是最危險的，我們要再調整**弧度和間距**。」泰然拍了拍希樂的肩膀。

他們調整後再試一次，骨牌成功轉彎，卻在迴旋處卡住。

練習結束後，泰然要去教員室找班主任，希樂要上廁所，其他同學先行離開。

希樂一邊洗手，一邊對着鏡子自言自語：「活動室有沒有鎖門呢？好像有又好像沒有，還是回去檢查一下吧。」

當希樂從廁所出來時，看到走廊有一個陌生男人，穿灰色T恤，戴鴨舌帽，背着黑色大背囊。

陌生男人**在活動室門前蹲下去**，彷

佛要確認什麼似的，然後鬼鬼祟祟地進入活動室。

「難道他是那個神秘人？」

希樂想找老師，可是附近沒有人。大叫嗎？可能會被小偷**殺人滅口**。去教員室嗎？回來後，小偷可能已經逃走了。

思前想後，希樂想起兔神能夠實現願望的都市傳說，於是在心裏默默地說：「兔神，請幫幫我，不要被小偷發現。」

希樂拿出手提電話，開啟錄影模式，打算拍下小偷的罪證。他躡手躡腳走到活動室門前，輕輕打開門，一陣乾燥的**熱風迎面撲來**……

來歷不明的深藍色煙霞**形成結界**，包圍月落之國的流星山脈，擾亂生態和氣候，連守護山脈的竹筍精靈也生病了。

魔法兔和小飛龍兄弟經歷重重困難，找到散落山中的星星碎片，使竹筍精靈恢復魔法力量，驅散煙霞結界。

當流星山脈回復本來面貌後，小飛龍兄弟在山頂找到爸爸伯特留下的暗號，指引他們該走的方向。

就在這時，深藍色煙霞在山下**重新聚集**，集結成一隻巨大的怪獸，怪獸出其不意地消滅三隻橡子精靈，然後再次消失無蹤。

在流星山脈，生物死亡後會化作泡泡，升上天空。

少糖！
微糖！
半糖！

芝絲露淚流滿面，向着**天空的泡泡**，呼喊橡子精靈的名字。

「這不是真的吧？」白公子呆住了。

「店長，你快去救橡子精靈，現在還來得及，是不是？」芭妮搖晃不動大師的手臂。

不動大師緊閉雙唇，**神情哀傷**。

「咿咿……嗚嗚……」小卡挨着米克，大哭起來。

魔法兔感應不到橡子精靈的氣息，竹筍精靈用心靈感應呼喚橡子精靈，也沒有回應。

「我明明在橡子精靈身邊，為什麼救不了他們？」芝絲露**非常自責**。

事出突然，大家都無法接受眼前發生的一切，思路和情緒一片混亂。

唯獨不動大師**保持冷靜**，邪惡的煙霞可以變成不同形態，煙霞的真身是什麼？有自我意識，抑或**有人在背後操控？**

「米克，我們去四號小屋。」

「好的。」

不動大師不確定會否再有危險，於是坐在米克的背上，飛到山谷下面的小屋，先帶遇難受困在小屋內的狐狸先生離開流星山脈，再折返山頂。

三隻竹筍精靈和橡子精靈志趣相投，友誼才剛開始，便失去好朋友，感到十分難過。他們交換了一下眼色，做了一個**重要的決定**。

「啵！啵！啵！」

竹筍精靈吹出三個小泡泡，在空中合為一體後，變成一個大泡泡。

陽光穿過雲層，形成光束，大泡泡在光束中「啵」一聲爆破，出現一隻留着長白鬍子的**竹筍長老**。

竹筍長老是竹筍精靈的首領，同樣用**心靈感應溝通**。他飄到不動大師面前，進入他的意識之中，好讓兩人面對面說話。

「全靠你們找到所有**星星碎片**，救了我們和流星山脈，謝謝！」竹筍長老說。

「請問你知道現在是什麼狀況嗎？」不動大師問。

「那些不尋常的煙霞，從不同地方來到流星山脈，集合後形成結界。在這段時間，煙霞越來越多，破壞也越來越大。雖然我活了很久很久，但這種情況還是**第一次遇到**。」

「為什麼以流星山脈做據點？」

「在月落之國，**最多山中精靈**的地方就是流星山脈，那些煙霞想吸收我們的魔法，獲得更強大的力量，現在仍然在某個地方蠢蠢欲動。」

「橡子精靈豈不是……」

「就算山中精靈的氣息消失了，只要靈魂不死，肉身也可以重生。」

「希望他們的靈魂夠強大。」不動大師看到一點微光。

「月落之國現正陷入大危機，伯特不在這裏，他在前些日子去了『幻日沙漠』，留下腳印是以防萬一。你們去幻日沙漠，在那裏找幻影魔法兔，到時就會解開所有謎團。」

「你為什麼會知道伯特的事？」

「因為我們是老朋友。」

竹筍長老留下耐人尋味的微笑，從不動大師的意識中出來。

出奇魔術團的梅花鹿團長說過，伯特要

去見朋友，原來是竹筍長老。

山中精靈向來不喜歡在國民前現身，願意和魔法兔交流的也是少數。竹筍長老和伯特是老朋友，莫非……

不動大師想通了兩人的關係，對大家說：「只要橡子精靈的靈魂不死，肉身就有機會重生。伯特去了幻日沙漠，我們要出發了。」

芝絲露坐在地上，沮喪地說：「我不去了。」

「為什麼？」芭妮問。

「我救不了橡子精靈，只會拖累你們。」

芝絲露親眼看着橡子精靈化成泡泡，消失得無影無蹤。什麼靈魂？什麼重生？無法帶來絲毫安慰，她只相信看到的一切。

聽到芝絲露説「你們」，將自己分割出來，芭妮生氣了，捉住她的肩膀說：「我們是同伴，一起去冒險，互相幫助，**哪有誰拖累誰？**」

「我的魔法只有初級，不但幫不了忙，還經常闖禍。我不在，你們輕鬆得多。」芝絲露撥開芭妮的手，蜷縮在地上。

「橡子精靈的事不是你的錯，我們所有人都來不及反應。」白公子說。

「你教小卡不要放棄希望，為什麼你現在首先放棄？」米克激動地說。

「咿咿咿。」小卡摸着芝絲露的頭，想安慰她，可惜她的眼神失去了朝氣和活力。

芝絲露不想說話，開啟了**自我封閉模式**。

「雖然我們不會強迫人做不願意做的事，但是我們也不會丟下同伴。」不動大師向米克揚起下巴。

米克會意，咬住芝絲露的衣領，把她拋

到自己的背上，準備起飛。

「啵！」竹筍長老吹出一個巨型泡泡，彎起眼睛點一下頭。

「這樣方便很多，謝謝！」不動大師說。

巨型泡泡包圍着魔法兔和小飛龍，不斷向上升。

「啵！」泡泡爆破前一秒鐘，忽然有三束光線射進去，一起在山頂**消失無蹤**。

第③章 幻日沙漠

三個太陽高掛天空，放眼望去是一望無際的金黃色沙漠。

這三個太陽，只有中間是真身，左右兩旁是**光學現象**，是幻日沙漠的獨特景色。

竹筍長老吹出的泡泡可以瞬間移動，魔法兔和小飛龍轉眼來到幻日沙漠。

芝絲露坐在米克的背上，上半身向前趴下，兩隻手臂無力地垂下來。

一隻**兇惡的蠍子**追着希樂，他嚇得拼命奔跑。

「雲之上，日之心，請讓我召喚小旋風！」

剛到達幻日沙漠的魔法兔，看到了這凶險的一幕，馬上伸出援手。芭妮頭頂的小雲化身成小旋風，捲起兇惡的蠍子，在空中不

救命啊！
救命啊！

斷旋轉，吹到遙遠的地方。

「你有沒有受傷？」芭妮問。

「沒……沒有……」希樂臉上掛着兩行淚，不停地喘氣：「我以為……死定了……」

一直以來，人類穿過魔法之門後，都會**來到魔法兔身邊**。然而魔兔便利店成員一直都在流星山脈，換言之幻影魔法兔應該就在附近。

「幻影魔法兔在哪裏？」白公子問。

「我只見到蠍子，沒見過兔子。」希樂回過神來，驚叫：「你們是兔子？」

魔法兔們點點頭。

「還有小飛龍。」米克補充。

「啊！你們是傳說中**能夠實現三個願望的兔神！**」

希樂把魔法兔、燈神和兔神混淆了。

「我們是魔法兔，不是兔神，也不是《阿

拉丁》的燈神。」白公子無奈地攤開手掌。

「我叫希樂，第一個願望是捉到活動室的小偷，第二個願望是明天的骨牌比賽拿到冠軍，第三個願望是……」希樂想了想，説：「你們趕走蠍子，救了我一命，算是實現了一個願望，我不能太貪心。」

「他根本沒在聽你説話喔。」芭妮對白公子説。

不動大師的感應力最靈敏，他感應不到其他魔法兔的氣息，**幻影魔法兔並不在附近**。

人類獨自留在沙漠會有生命危險，不動大師估計**魔法之門受到干擾**，希樂才會來到沙漠。他感到這裏的風和沙都不平靜，格外提高警覺。

「我們不是兔神，無法實現你的願望。我們在沙漠有特別任務，你想跟我們一起去冒險嗎？」白公子問。

「去冒險很危險，我怕被蠍子刺傷會中毒，怕沒有水會渴死，怕太熱會中暑。」

「那麼你要回去嗎？」

「我記得兔神的都市傳說，每人只有一次機會來到魔法王國。回去後，我怕以後沒機會再來，怕開錯門去了另一個世界，怕迷路找不到你們。」

「回去或留下來，**你要自己決定喔**。」芭妮說。

希樂皺起眉頭，十分苦惱，面對沒試過的事情，內心有太多擔心。

「咿咿。」小卡用鼻子輕碰希樂，露出既親切又開朗的笑容。

「小卡說他會陪着你。」米克說。

「咿。」小卡笑着點頭。

「你很可愛啊！好，我留下來。」小卡

化解希樂的擔心，是稱職的親善大使。

不動大師伸出兩個拳頭，問希樂：「左手或右手？」

「左手？右手？」希樂猶疑一會，最後決定：「右手。」

不動大師攤開右手，手裏有一個**毛巾護腕**。他說：「送給你。」

「謝謝！」希樂戴上毛巾護腕後，問：「我們現在去哪裏？」

「魔兔便利車留在流星山脈。芝士兔，你可以變成越野車嗎？」芭妮問。

「**我的魔法藥丸沒有用**，變成越野車只會撞車。」

「由我變身也可以。」芭妮想拿走芝絲露的甜筒頭飾，但頭上卻只有一隻小花髮夾，大吃一驚：「你的甜筒頭飾呢？」

芝絲露摸摸頭頂，沒精打采地說：「沒所

謂啦，魔法藥丸不好吃，吃了會肚子痛。」

「我們剛剛來到，應該掉在附近。」芭妮說。

大家摸着沙子尋找，可惜到處都找不到甜筒頭飾。

芝絲露丟失隨身魔法物品，**竟然毫不在乎**，比之前更消極了。

「沒有越野車，只好用其它辦法。」

不動大師打開《伊索寓言》，翻到〈猴子和駱駝〉，念起魔法咒語：「駱駝朋友，出來散步啦！」他向着書頁吹一口氣，一隻駱駝慢吞吞地從書裏走出來。

不動大師接着翻到〈駱駝和阿拉伯人〉，念起相同的魔法咒語後，再有一隻駱駝神清氣爽地從書裏走出來。

「沙漠啊！」兩隻駱駝最喜歡沙漠。

「我們沒有交通工具，請載我們一程。」

不動大師說。

「沒問題。」

兩隻駱駝跪下來，讓魔法兔和希樂分成兩組坐上去，不動大師和白公子是第一組，芭妮和希樂是第二組。

「嘩！這裏有蠍子啊！」希樂指着駱駝腳邊大叫。

「這隻蠍子已經死了，不會刺傷你喔。」芭妮說。

「真的嗎？」

「我不會騙你喔。」

希樂想起一件重要的事，偷偷從褲袋

拿出一條毛巾……

第④章

神秘的村莊

小飛龍兄弟飛上高空，看到遠處有一個個白色屋頂，看起來像是一條村莊。

兩隻駱駝跟着小飛龍的指示前進，幻影魔法兔會不會住在村莊裏？

芭妮坐在希樂後面，走着走着，希樂回頭望，一臉困惑：「我覺得有人在看着我們。」

芭妮回過頭去，眼前除了一片黃沙，什麼也沒有。她問：「你看到什麼？」

「沒有，但有一種**被人監視着的感覺**。」

希樂和芭妮交換一下眼色，兩人同時向後望，結果什麼也沒有。

希樂皺起眉頭，陌生的環境令人不安，**忍不住疑神疑鬼**。

「沙漠太空曠，很沒安全感吧？我也是第一次來沙漠，我們要互相照應喔。」芭妮安慰着希樂。

突然，附近傳來小女孩的哭聲。

「嗚嗚……嗚嗚嗚……」

沙貓妹妹坐在大石上，哭個不停。

芭妮從駱駝背上跳下來，問沙貓妹妹：「你為什麼自己一個在這裏？」

「你們是誰？」沙貓妹妹嚇了一跳，向後靠，有點害怕陌生人。

「我們是從外地來的，想去前面白色屋頂的村莊。」

「**村莊消失了**，嗚嗚……」沙貓妹妹一聽到「村莊」，又再大哭起來。

「怎樣消失的？」

「嗚嗚……我剛才在村口玩，看到一隻**紅色大甲蟲**。我跟着大甲蟲走出去，後來大甲蟲飛走了，我想回家，村莊就不見了。」

沙貓妹妹在沙漠生活，在村莊附近玩耍，應該不會迷路，魔法兔們都覺得這個**沙漠有古怪**。

米克把背上的芝絲露交給小卡，載着不動大師飛上高空。

「真的不見了！」米克難以置信。

「我們飛過去看看。」不動大師説。

飛到村莊上空，米克停下來問：「你看到嗎？」

「你也看到的話，**證明我沒有眼花**。」

村莊被大片沙子淹沒，沙子像海浪一樣起起伏伏，地面像漲潮似地不斷上升。現在沒有風，會自己流動的沙子**太詭異了！**

米克回到同伴身邊，向大家描述看到的奇怪現象。

「我沒見過會自己流動的沙子。」沙貓

妹妹說。

「我們要救出被困的村民。」白公子說。

「讓我來吧！」芭妮說。

「我準備好了。」小雲說。

芭妮挺起胸膛，左手插腰，右手指着天空，從左至右畫出一道弧線，邊畫邊說：「雲之上，日之心，請讓我召喚**沙龍捲！**」

小雲化身成沙龍捲，正想起步時，希樂皺起眉頭，慌張地說：「等等！」

「怎麼了？」芭妮問。

「沙龍捲威力驚人，會捲走村民和房屋。沙貓妹妹變成孤兒，從此憎惡魔法兔，不再相信任何人，長大後變成無惡不作的魔女怎麼辦？」

「**魔女？**」沙貓妹妹歪着頭，眨了眨眼睛。

希樂在電視上看過沙龍捲的新聞報道，回想一下都覺得很可怕。

「沙龍捲的確威力驚人，但這個沙龍捲的真身是小雲，是有思想的，只會捲走沙子，不會捲走村民和房屋。」芭妮詳細地解釋。

「真的嗎？」

「我不會騙你喔。」

希樂站在沙貓妹妹前面，擋住她的視線，不想嚇怕她，盡力保護她。小卡也背着芝絲露走過來，陪着希樂和沙貓妹妹。

沙龍捲向着村莊席捲而去，捲起了流動的沙子，「漏斗」變得越來越大，地面逐漸露出一個個白色屋頂。

「看到村莊了！」芭妮高興地說。

沙龍捲正想移動到遠處時，忽然由下至上扭來扭去，然後從身體裏吐出另一個沙龍捲，直立在小雲對面。

「怎麼可能？」小雲驚訝極了。

新沙龍捲張開眼睛和嘴巴，猙獰的面孔

似曾相識。

「流星山脈的邪惡煙霞？」芭妮心跳加速，小心防備。

煙霞先變成沙子，再變成沙龍捲，隨時改變顏色和形態。

惡龍捲原地旋轉，噴出密集的沙子攻擊小雲龍捲，小雲敏捷地閃開，沙子卻射向希樂和小卡。

兩隻駱駝及時跪下來，擋在希樂和小卡前面。「你們躲在這裏，風沙傷害不到我們的。」

小雲龍捲衝向惡龍捲，想直接撞散對方，可惜撞了幾次都不成功。

「小雲龍捲好像不斷縮小。」白公子說。

「惡龍捲正在吸收我的魔法。」芭妮感到很吃力。

惡龍捲看準時機，高速旋轉，反攻衝向

小雲龍捲。

芭妮腦筋一轉，舉起右手喊：「冰牆！」

下一秒鐘，小雲變成一道巨型冰牆。芭妮的法力減弱了，冰牆很大卻很薄，足以抵擋惡龍捲嗎？

惡龍捲不減速、不急停，不把薄薄的冰牆放在眼內。

成功？失敗？小卡、希樂和沙貓妹妹又害怕又想看，他們探出半張臉，在指縫間偷看。

「砰！」

惡龍捲直撞向巨型冰牆，隨着一聲巨響，風沙四散。不動大師檢查散落在地上的黃沙，**只是普通沙子**。

「成功了！」希樂和沙貓妹妹跳出來歡呼。

小雲變回一朵雲，回到芭妮身邊。

「剛才很危險，你沒事就好了。」芭妮說。

「惡龍捲撞過來時，我突然變得很堅硬，法力一下子增強了。」

「是嗎？我什麼也沒做喔。」

「你們一定是靠堅強的意志力取勝。」白公子撥一下頭髮，對自己的推測充滿信心。

☽ ★ ☽ ★ ☽ ★ ☽ ★ ☽

村民們從屋裏走出來，房子被沙子掩埋時，他們躲在地下室，沒有受傷。

「爸爸媽媽！」沙貓妹妹飛奔過去，緊緊地摟着父母。

「謝謝你們！」沙貓姐姐笑着說：「這個**村莊很偏僻**，外地人很少來這裏。」

「我們想找幻影魔法兔。」芭妮說。

「啊……」沙貓姐姐提起手想說話，看到小卡背上的芝絲露，提起的手卻停在胸前，並且**收起笑臉**。

「芝士兔的朋友遇到意外，現在情緒

低落。」

「心靈脆弱很危險，**惡魔最喜歡接近心靈脆弱的人**💔。」芭妮「嗯」地點頭，聽不出話裏藏着更深層的意思。

「你們去沙漏岩石羣，就會找到幻影魔法兔。」

沙貓妹妹跑入屋裏，捧着一盆仙人掌走出來，笑嘻嘻地說：「我種的，送給你們。」

希樂接過仙人掌，開心地說：「仙人掌很漂亮，謝謝你！」

沙貓父母認為坐車比較方便，借出一輛越野車，兩隻駱駝返回《伊索寓言》裏。

沙漏岩石羣是什麼地方？惡龍捲會不會再度出現？

第⑤章 昆蟲變變變

沙漏岩石羣是相連的天然紅岩石，外觀好像一個個**胖沙漏**。

沙貓姐姐畫了一張簡單的地圖，白公子負責開越野車，不動大師在旁邊做助手，希樂、芭妮和芝絲露坐在後座。

還以為不動大師會看地圖給指示，沒想到他一坐下來，便把地圖貼在方向盤前面，然後**呼呼大睡**。

「看到嗎？」希樂抱着仙人掌，探頭出車窗外，抬頭大喊。

「還沒看到。」米克説。

沙漠缺乏明確的地標，地圖畫得太簡陋，白公子不確定有沒有走錯路，只好靠米克和小卡在空中偵察。過了一小時，仍然找不到沙漏岩石羣。

烈日當空，越野車沒有冷氣，熱得要命。

「你不如變成冰，給我們消暑。」希樂對小雲説。

「我要變身嗎？」小雲問芭妮。

「打開窗，吹吹風，不會太熱喔。」芭妮不喜歡魔法，**如無必要不會使用**。

芝絲露安靜地坐着，不説話，也不喝水。她明明望着窗外，卻好像沒有看到任何東西。

「芝士兔的朋友遇到什麼意外？」希樂問。

芭妮説出橡子精靈出事的經過，希樂想像當時的情形，感到既**無助又難過**。

「橡子精靈是不是小朋友？」

「我不知道他們的年齡。」芭妮用手指比劃大小，説：「他們小小的，很喜歡吃糖果，我一直把他們**當作小朋友**。」

「咿。」小卡熱到受不了，無力飛行，在車頂躺下來休息。

「好累！」不久後米克也筋疲力盡，**躺在車頂上**。

「好重！超載了！」白公子覺得車輪有異狀，方向盤不聽使喚，車子左搖右擺。好不容易穩定車身，他立即加速前進，前面竟然有一座巨大的沙丘。

「你們捉緊啊！」

白公子來不及煞車，**失控撞向沙丘**……

☽ ★ ☽ ★ ☽ ★ ☽ ★ ☽

希樂張開眼睛，發現自己躺在沙堆上。他站起來，拍走身上的沙子。

他記得越野車撞向沙丘時，不知為何反彈了一下，衝擊力太大，他被拋出車外，幸好有**沙堆充當救生墊**，才沒有受傷。

「其他人呢？」

四周只有一片黃沙，希樂看不到越野車和魔法兔，抬頭也看不到小飛龍。

「怎麼辦？」希樂剛來到幻日沙漠時，周圍一個人也沒有，情況跟現在一模一樣。他慌張起來，大叫：「你們在哪裏？」

沒有人回應。

「他們發生什麼事？受重傷？昏迷？會不會死了？慘了！昏迷的人可能是我，因為只有我困在夢境裏，所以沒有其他人。」

希樂拍拍臉頰，希望清醒過來。他的眼睛通紅，無助得幾乎哭出來。

一陣風吹過，在不遠處的沙堆上，露出一個尖尖的東西。

希樂馬上認出來，連跑帶跳地奔過去……

白公子張開眼睛，雙手握着方向盤，擋

風玻璃完好無損。不動大師抓抓後腦勺，車子撞到沙丘後，曾經昏倒一陣子。

「你們有沒有受傷？」白公子轉身問。

芭妮剛剛醒過來，望向身邊，臉色發白：「**希樂和芝士兔呢？**」

左右兩旁的同伴不見了，米克和小卡的氣息也消失了。

「一個容易焦慮，一個情緒低落，如果只有希樂和芝士兔，可能會有危險。」芭妮説。

「負負得正，**説不定會有好事情發生**。」白公子説。

「這裏也有好事情，我們似乎來到一個有趣的地方了。」不動大師冷靜地説。

芭妮和白公子望出車窗，映入眼簾的竟是滿天滿地黃沙，螞蟻、蜘蛛、蠍子……各種昆蟲和節肢動物在沙裏漂浮，啊，不對，是行走。

「我們困在沙丘裏面了。」白公子說。

「沙子沒有湧入車廂裏，**只有魔法空間才會這樣**。」芭妮說。

「看來沙漠的營養很豐富，昆蟲至少**比平常大五倍**。」不動大師說。

蜘蛛和蠍子是節肢動物，算是昆蟲的親戚。沙漠的昆蟲本來比市區大，大五倍的螞蟻還可以接受，大五倍的蜘蛛和蠍子就很可怕了。

「這裏的蠍子和追着希樂的蠍子是相同品種，**體型怎會相差那麼大？**」芭妮陷入沉思：「除非……」

就在這時，兩隻大蠍子看到越野車，向着車子跑過來。

「快逃！」白公子踩油門，芭妮趕快關窗，越野車全速逃離現場。

「我們怎樣離開沙丘？」白公子問。

「誰知道呢？」不動大師說。

芭妮向後望，追上來的除了大蠍子，還有許多大螞蟻。一隻大蜘蛛在前面攔住越野車，吐出一張巨型蜘蛛網。

昆蟲親戚大聯盟！前無去路，後有追兵，怎樣才能脫險呢？

第⑥章 光影魔術

希樂用手撥開沙子，發現一隻長耳朵，他繼續撥下去，終於見到一張熟悉的臉。

「芝士兔！」

希樂從沙堆中拉出芝絲露，搖着她的肩喊：「芝士兔，你不要死！」

過了一會，芝絲露張開眼睛，頭昏眼花，小聲問：「**我在天堂嗎？**」

「這裏是沙漠，我們都沒有死啊！」

希樂想拉起芝絲露，芝絲露卻**推開他的手**，蜷縮在沙堆上。

「在這裏睡覺，會曬成黑炭兔啊！」

「不要理我。」

「這裏只有我們兩個，我不會不理你。」

「我沒有了魔法藥丸，現在只是普通的

兔子，和我在一起，沒有任何好處。」芝絲露説話很傷人，**令人難以接近**。

「一定要有好處，才能做朋友嗎？」希樂又委屈又難過。

當初遇到魔法兔，希樂的確把他們當做燈神，幫他實現願望。相處下來，他覺得魔法兔很有趣、很可靠，很想更加認識大家。

這樣也算是朋友吧？

芝絲露嘴唇乾裂，發出沉重的呼吸聲，**身體十分虛弱**。

「你多久沒喝水？」

希樂想給芝絲露喝水，才記起水樽放在車上椅背的網袋裏。他在附近尋找，卻找不到掉出來的水樽。

「嗡嗡……」一隻大蒼蠅飛到芝絲露臉上。

「走開！」希樂皺起眉頭，趕走大蒼蠅：「好大隻！好可怕！芝士兔躺着不動，蒼蠅可能**以為她死了**，牠會不會引來其它大蒼蠅？慘了！這裏有沒有蠍子？被蠍子刺傷會中毒死，沒有水會渴死，暴曬會中暑死，留在這裏，**只有死路一條啊！**」

希樂越想越害怕，仰天大叫：「白公子、芭妮、不動大師、米克、小卡，你們在哪裏？」

好熱！好想喝水！就在希樂感到有點暈眩時，看到遠處有大樹和水塘。

「芝士兔，有綠洲啊！」

芝絲露沒有反應，**完全失去求生意志**。

希樂心想：如果留下芝士兔，自己去取水，有沒有東西盛水？回來時會不會迷路？芝士兔會不會等不及渴死？

希樂坐下來，還是決定留在原地，等待救援比較安全。可是，這裏沒有水，也沒有地方遮擋猛烈的陽光……

走出去？留下來？怎麼辦才好？

「嗡嗡……」大蒼蠅又回來了。

希樂彈起身，毅然做了一個決定。

「我們一起去找綠洲。」

希樂背起芝絲露，在烈日下緩慢地向前走。芝絲露比希樂高大，他的身體向前彎下，走得很吃力。

「都説不要理我，自討苦吃。」芝絲露難得開口，又説出傷人的話。

這次，希樂**沒有被她擊倒**，咬着牙説：「你醒了，就站起來走路呀！」

「放我下來，不要理我。」

希樂不但沒有放她下來，**反而捉得更緊了**。

「雖然我不認識橡子精靈，但是我相信如果他們看到你這個樣子，一定會很難過。」

「小朋友懂什麼？不要模仿大人説話。」

「橡子精靈離開家人，下山和你一起生

活，你以為純粹想吃糖果嗎？我再貪吃，也不會隨便跟別人走。橡子精靈願意跟着你，只有一個原因……**他們超級喜歡你啊！**」

綠洲就在眼前，希樂加快腳步，喘着氣說：「精靈不是神仙嗎？會那麼容易死嗎？沒有看到屍體，**他們可能還活着**。」

希樂用力吸一口氣：「你不要看輕小朋友！」他大步走向前，突然腳下踏空，失足往下掉……

巨型蜘蛛網擋着去路，大蜘蛛一副準備吃大餐的模樣。不用親自測試，也看得出蜘蛛網十分堅韌。

「**我不想做蜘蛛的午餐。**」不動大師說。

「外面有沒有植物？」白公子問。

芭妮前後左右看一遍，說：「只有沙子和昆蟲，沒有植物喔。」

萬一被蜘蛛網黏住，恐怕想逃也逃不掉。白公子在蜘蛛網前轉方向盤，越野車向左急轉彎，芭妮倒在坐椅上，**一個花盆從坐椅下滾出來**。

希樂被拋出車外時，他抱着的仙人掌掉在車廂裏。

「有仙人掌，我們還有希望喔。」芭妮說。

白公子和不動大師交換位置，改由不動大師開車。芭妮把仙人掌交給白公子，他打開車窗，按着藤蔓胸針說：「來射擊吧，仙人掌刺！」

無數仙人掌刺飛出去，刺中追上來的昆蟲，牠們露出痛苦的表情，停下來想辦法把刺拔出來。

仙人掌刺沒有毒，卻能暫時制止昆蟲繼

續追上來。

「右邊有光，是出口嗎？」芭妮指着右前方說。

不動大師牽起嘴角，向着光亮的地方全速前進。

☽ ★ ☽ ★ ☽ ★ ☽ ★ ☽

希樂回過神來，發現自己**懸在半空**，有人拉住他的手。

「芝士兔！」

芝絲露趴在懸崖上，右手抓着地面，左手拉着希樂。她的眼神回復朝氣和活力，說：「我拉你上來，不要放開手。」

可是，芝絲露身體虛弱，不夠力氣，身體漸漸向前滑，快要被希樂扯下去。

「我肚子餓，想吃紅蘿蔔。」

「現在哪裏會有紅蘿蔔？」

話音剛落，希樂的毛巾護腕閃出亮光，

變成一根紅蘿蔔。

「怎會這樣？」

希樂把紅蘿蔔往上拋，芝絲露接住後，不是放入嘴巴，而是揮起手臂，把紅蘿蔔插在懸崖上，借力拉希樂上來。

這時，**耳廓狐叔叔**跑過來，捉住希樂的手。他説：「我數三聲，一起用力拉，三、二、一！」

芝絲露和耳廓狐叔叔合力把希樂拉上來，手臂很酸痛，幸好最後平安無事。

希樂拔出懸崖上的紅蘿蔔，十分驚奇：「好堅硬！」

「這是不動大師的魔法護身符，絕對不能吃。」芝絲露接住紅蘿蔔後，馬上改變用途。

「**綠洲呢？沙丘呢？**」希樂發現沙丘變成石山，綠洲也不見了。

「你看到的應該是**海市蜃樓**。」耳廓狐叔叔路過石山，碰巧看見他們。他拿出水樽，給他們喝水。

「海市蜃樓是光影魔術，欺騙腦神經，把人置於危險之中。」

綠洲是海市蜃樓，但將石山誤以為沙丘，連觸感也出錯，就**不是普通幻覺**。沙漠正在起變化，空氣中瀰漫着危險的氣味。

「你是不是沒事了？」希樂問芝絲露。

「我很健康，很快恢復體力。」

「我是指橡子精靈的事。」

「你説沒有看到屍體，橡子精靈可能還活着。**我決定相信他們還活着**，謝謝你！」

希樂替芝絲露高興，打從心底笑出來，沒想到自己也能鼓勵別人。

遠處傳來汽車引擎聲，一輛越野車正在駛過來，希樂大力地揮動手臂。

困在沙丘裏的越野車，向着光亮的出口

衝出去後，藍天和太陽熱情地打招呼。魔法兔們感應到同伴的氣息，於是前往石山的懸崖。

芭妮看到芝絲露的眼神，就知道她沒事了，激動得抱着她説：「你終於回來了。」

「嘻嘻，我回來啦！」

「我們去了**奇怪的地方**，你和希樂發生什麼事？」

「説來話長。」

失散的同伴團聚了，耳廓狐叔叔揮揮手説：「我先走，再見！」

「請問你知道沙漏岩石羣在哪裏嗎？」芭妮趁機追問耳廓狐叔叔。

「這張地圖**畫得太簡陋**，我們好像搞錯方向了。」白公子遞上地圖。

「明明畫得很仔細，看不懂是你們沒有方向感！」耳廓狐叔叔不悦地説。

「到底要怎樣看？」

耳廓狐叔叔把地圖左轉九十度，大家跟着傾斜身體，他板着臉說：「走這邊啊！你們亂衝亂撞，天黑也到不了。」

不動大師的**耳朵動了動**，嘴角牽起意味深長的微笑。

大家向耳廓狐叔叔道別後，米克和小卡也飛來會合。

「我們暈倒了，醒過來後立刻找你們，你們發生什麼事？」米克問。

「咿咿。」小卡飛到希樂身邊。

「說來話長。」芭妮和芝絲露同聲說。

越野車再度橫越沙漠，希樂從車窗探出頭，看到**遠處烏雲密布**，快要下雨了嗎？抑或有什麼東西遮蔽天空？

第⑦章

甲蟲雨

「看到了！」

米克在天空看到遠處相連的**胖沙漏形紅岩石**，就是沙漏岩石羣。

遠處的烏雲逐漸擴散，並且向着越野車迅速飄過來，天地變得昏暗。

「烏雲怎麼會飄得那麼快？」希樂問。

芝絲露和白公子豎起耳朵，敏銳的聽覺告訴他們有危險。

「我聽到**翅膀震動的聲音。**」芝絲露說。

「那些不是烏雲，而是……」白公子說。

「大甲蟲！」米克說。

數以百計大甲蟲飛過來，遮蔽了天空，提早拉下黑夜的布幕。

為了躲開大甲蟲，米克和小卡無法高

飛，只能在低空飛翔。

一陣疾風吹來，小卡失平衡減速，落在後頭。成羣大甲蟲飛到上空，三隻大甲蟲掉落在小卡的背上，皮膚旋即痕癢難當，並且紅腫起來。

「不要欺負我弟弟！」米克飛到小卡身邊，撿走背上的大甲蟲，用雙手抱着弟弟，就像小時候教他飛行時那樣。

希樂急忙關窗，一隻大甲蟲「啪」地撞在車窗上，他嚇了一跳：「嘩！好大隻！」

「咚咚咚……」

大甲蟲不停掉落在車頂上，**好像下大雨**時的「叮叮咚咚」聲響。

「有沒有地方可以『避雨』？」芝絲露問。但白公子不能減速或停車，不然會被大甲蟲包圍。

當越野車駛入沙漏岩石羣，**狐獴伯伯**

站在岩洞口，舉起手喊：「這邊，快進來！」

越野車和小飛龍進入岩洞後，狐獴伯伯推出大石塊擋住洞口。

得救了！大家都捏一把冷汗，連忙向狐獴伯伯道謝。

狐獴伯伯看到小卡的背部腫起來，幫他塗藥膏，**紅腫快速消退**。

「這種甲蟲大得太誇張了。」米克說。

「沙漠的甲蟲突然在今天變大了，我從沒見過這種情況。」狐獴伯伯說。

「今天？難道是我們來到之後才變成這樣？」芭妮感到不妥。

「我們剛才也見到比正常大的蜘蛛、蠍子和螞蟻。」白公子說。

「還有大蒼蠅。」希樂補充。

「不只昆蟲變大了，連沙子也變得不尋常。」狐獴伯伯說。

岩壁上有一個小洞，希樂從小洞望出去，到處都是大甲蟲，他們被圍困了。

「慘了！如果大甲蟲不離開，我們就會**一直被困在這裏**，以後要在洞穴生活。看不到陽光，身體會退化，走路要用拐杖。我還沒坐過小飛龍，好想在天空飛啊！」希樂抱着小卡說。

「原來你想坐小飛龍，你為什麼不說出來？」白公子問。

「我怕大風會搖晃，怕撞到麻鷹會掉下來，怕被閃電劈中。」

「天上的確有其它雀鳥，有時會大風，但未必會發生意外。出去後，我陪你坐小飛龍，我還可以用藤蔓做安全帶。」

「你陪我？」

「兩個人一起就不會害怕。」

希樂知道自己**有太多擔心**，有想做的事，卻沒有實際行動。結果，想做的事永遠只是想像，在想像中開始，在想像中結束。

他之所以會出發尋找綠洲，表面上是他強行拉走芝絲露，事實上若沒有芝絲露在身邊，他**哪裏也不敢去**。

一年前，希樂和泰然在學校走廊的壁報板上，看到骨牌小組的海報，印有一組複雜的骨牌。

「看起來很好玩，好想參加啊！」希樂說。

「這裏說想參加的同學找劉老師報名。」泰然指着海報說。

「但堆骨牌很難，我做得到嗎？如果到學期結束都學不會，老師可能會很失望。如果媽媽覺得我浪費時間，可能以後不讓我參加活動。」

「你放心，絕對沒問題。」

泰然拉着希樂一起報名，**擔心的事情**

全部沒有發生，今年還一起參加骨牌比賽。

希樂記得當時的壁報板有很多海報，園藝小組、攝影小組、閱讀小組……其中一張海報特別吸引。希樂記起那張海報的標語，聯想到一件重要的事……

「我們現在要怎樣做？」芭妮的話把希樂從回憶中拉回岩洞。

「要知道甲蟲變大的原因，才有辦法令牠們回復原狀，我們先困住牠們。」不動大師說。

「甲蟲太多，**要用魔法才能做到**。」狐獴伯伯說。

「你很熟悉魔法嘛。」

「你們是魔法兔，當然會用魔法。」

不動大師笑了笑，打開《伊索寓言》，翻到〈兩隻青蛙〉，念起魔法咒語：「青蛙朋友，帶着一口深井出來啦！」他向着書頁吹一口氣，兩隻蹦蹦跳跳的青蛙從書裏跳出來。

「這裏很熱，呱呱！」

「我們又要找水源了，呱！」

「我將一口深井放在外面，想引甲蟲進去，請你們幫幫忙。」不動大師說。

「好啊！我們可以吃甲蟲，順便喝水，呱呱！」

「那是什麼甲蟲？你會不會把我們困在井裏？呱！」

「不動大師不會害我們的，呱呱！」

「甲蟲在哪裏？」謹慎的青蛙從岩壁的小洞望出去，說：「甲蟲太多，我們很危險，呱！」

簡單幾句話，便看出兩隻青蛙的性格，希樂覺得牠們很像自己和泰然，卻又有點不一樣。他想了又想，想不出哪裏不同。

「甲蟲現在堵住洞口，我想引甲蟲去井邊，但不能保證牠們會一起行動。青蛙吃甲蟲，牠們見到天敵，自然會撤退。」不動大師解釋。

「明白了，你說清楚就沒問題了，呱！」

白公子變成小兔子，快手快腳挖出一條地道，兩隻青蛙穿過地道，走到洞口前面。

所有大甲蟲一見到青蛙，便發揮求生本能，慌忙撤退。這時芭妮和芝絲露也變成小兔子，從地道走出去，跑到井邊變回人形，高聲喊：「我們在這裏啊！」

全部大甲蟲應聲飛過去，就在差不多來到井邊時，芭妮和芝絲露跳進井裏，大甲蟲統統跟着飛進去。當最後一隻大甲蟲飛入井裏後，不動大師用魔法封住井口，兩隻青蛙返回書裏去。

危機解除，大家來到井邊，希樂問：「芭

妮和芝士兔呢？」

「不要低估兔子挖地洞的速度啊！」芝絲露從井後面的地洞走出來，芭妮也跟着跳出來。

「啊……」狐獴伯伯提起手想說話，**眼珠一轉**，垂下手改口說：「這裏很熱，你們來我家坐坐吧！」

狐獴伯伯帶大家繞過一座座胖沙漏形紅岩石，來到一間紅色房子，房子和岩石的顏色一樣，稍為大意便會錯過。

進入屋裏，大廳的牆壁**長滿卷卷藤**，牆前有一座紅磚烤爐和一面全身鏡，中間有一張茶几，圍着茶几放了多張彩色繡花坐墊。

「狐獴伯伯，你的家人呢？」芝絲露問。

「他們去旅行了，現在只有我住在這裏。」

「不停編故事不累嗎？你不用再掩飾了。」

不動大師說。

「你說什麼？我聽不懂。」

「我已經知道你的**真正身份**了。」

第⑧章 魔法廚房

「你就是幻影魔法兔。」不動大師說。

「啊呵呵呵！你終於發現了。」狐獴伯伯提起手，反手掩着嘴巴，發出貴婦笑聲。

「狐獴是兔子？」希樂摸不着頭腦。

狐獴伯伯一邊變身，一邊說：「我有時是沙貓姐姐，有時是耳廓狐叔叔，有時是狐獴伯伯。隨着身體變成不同形態，聲音會改變，氣息也會變動。」

狐獴伯伯最後變回真身——沙漠棉尾兔。這個胖胖的姨姨笑容滿面，給人親切慈祥的感覺。

不動大師從三隻動物的小動作和說話中，早就察覺到他們是同一個人。

「原來幻影的意思是**隨意變身**，完全沒有破綻喔。」芭妮十分佩服。

「芝士兔吃了魔法藥丸，也可以變身啊！」希樂説。

「我最多只能變身十分鐘，法力相差太遠了。姨姨，你是不是頂級魔法兔？」

「是的，我叫莎拉，請坐！」

大家圍着茶几坐在地上。莎拉姨姨説：「我是**沙漠守護兔**，幻日沙漠位於月落之國的中心，接收到各個城鎮的訊息。現在，月落之國正面臨一百年一次的**大危機**。」

「你指那個**惡龍捲？**」芭妮問。

「它沒有固定形態，可以是煙霞，可以是沙龍捲，也可以是暴風雪。」

「你説的『它』本來是什麼？」希樂問。

「它是存在於**每個人內心的『惡意』**，

起初只是一顆微塵，逐漸變大變強。惡意不是突如其來，而是**日積月累**。由每個人的小小惡意積累起來，最後成為『極惡魔王』。在人類世界，惡意沒有形狀，但會污染心靈，改變人的行為，做出傷害人的事。在月落之國，惡意是有形態的。當惡意累積了一百年，就是**極惡魔王進行終極目標**的時候。」

「極惡魔王的終極目標是什麼？」白公子問。

「好恐怖！」大家都感到毛骨悚然。

「極惡魔王一百年出現一次，月落之國到現在都沒事，換言之魔王**從來沒有成功過**。」不動大師說。

「是的，每個年代的魔法兔都竭盡全力，

守護家人和朋友。」

「莎拉姨姨，你以前怎樣對付極惡魔王？」希樂問。

「小朋友，我怎樣看也不像百歲『兔瑞』吧！」莎拉姨姨板着臉說。

「你是頂級魔法兔，你去對付極惡魔王簡直輕而易舉。」白公子說。

「在月落之國，九成頂級魔法兔都是守護兔，我的能力是守護，不是進攻。我可以提升你們的法力，例如把薄薄的冰牆變得堅硬無比。」

「原來是你暗中幫我。」芭妮說。

「你是球場上的後衛，誰是前鋒？」希樂問。

莎拉姨姨微微笑，掃視一遍魔法兔和小飛龍。

「我們？」

「是你們帶極惡魔王來沙漠，當然要負責任啊！」

「極惡魔王怎會跟着我們？」芭妮問。

莎拉姨姨的視線移到芝絲露身上，認真地說：「惡意的成因千千萬萬，其中一種是過度自責，**自責到甚至想傷害自己**。」

芝絲露心頭一震，她在最傷心時，曾經想過傷害自己。當時想着結束一切，就不會再難過了。

出生以來，芝絲露沒有遇到大挫折，根本不知道怎樣面對。沒想到一個小小的念頭，也會引起極惡魔王的注意，惡意真的很恐怖！

「源頭是我，我應該怎樣做？」

「極惡魔王想得到你，吸收你黑暗的魔法力量。想要擊倒極惡魔王，就要你親自解決，我只能輔助你。」莎拉姨姨說。

「惡魔最喜歡**接近心靈脆弱的人**。」芭妮記起沙貓姐姐的說話。

莎拉姨姨怕極惡魔王跟蹤芝絲露，因此沒有在初次碰面時表露身份。

「我是最年輕的魔法兔，法力只有初級，輪不到我上陣吧？而且，我的甜筒頭飾不見了，沒有魔法藥丸和製造藥丸的原材料。」

「不要看輕自己啊！」莎拉姨姨摸着芝絲露的頭，柔聲說：「從救不了橡子精靈的陰影中走出來吧！」

芝絲露鼻子一酸，淚水在眼底滾動，視線變得模糊。

她即使相信橡子精靈仍然生存，也消除不了**滿心內疚**，很想向他們道歉。

「時間差不多了。」莎拉姨姨說。

「啵！啵！啵！」

三隻竹筍精靈在半空中現身。

「你們怎會在這裏？」芝絲露既驚且喜。

竹筍精靈送上甜筒頭飾，但雪糕球沒有完全合上。

「魔法泡泡移動時，你們感覺過了一秒鐘，其實**穿過了時間隧道**。你的甜筒頭飾掉在時間隧道裏，他們花了很長時間幫你找回來。」莎拉姨姨說。

橡子精靈是竹筍精靈的好朋友，橡子精靈的同伴也是他們的同伴。魔法泡泡在山頂消失前一刻，他們決定跟隨同伴去冒險。

最重要的是，竹筍精靈有預感，還有機會再見到橡子精靈。

「謝謝你們！」芝絲露將甜筒頭飾變大，打開一看，大驚：「**魔法藥丸呢？**」她倒轉甜筒頭飾，裏面竟然空空如也。不僅魔法藥丸，就連儲存材料的瓶子也不見了。

「你們吃了嗎？」芝絲露問。

竹筍精靈猛力搖頭。

「可能掉在時間隧道裏，可以找回來嗎？」芭妮問。

竹筍精靈將時間隧道的影像，投射到芝絲露和芭妮的腦海中，可惜看不到丟失的東西。

「我可以重新再做魔法藥丸，但連材料都沒有怎麼辦？那些花草、沙石和昆蟲，是我在旅途中收集得來的。」

希樂靈機一動，從褲袋取出一條毛巾，說：「給你。」

芝絲露打開來看，毛巾裏有一隻正常大小的**蠍子屍體**。

「你為什麼會有蠍子屍體？」

「我在沙漠撿到的。」

「你不是怕蠍子嗎？」芭妮問。

「是啊！非常害怕啊！我記得老師說過，萬一被毒蛇咬傷，要記住毒蛇的特徵，方便醫生使用正確的血清。我害怕被蠍子刺傷，所以留住蠍子屍體，讓醫生幫我治療。」

「只有未被極惡魔王污染的蠍子，才能用來做魔法藥丸。小朋友，做得好！」莎拉姨姨豎起大拇指。

「謝謝你！」芝絲露笑着說。

希樂被魔法兔稱讚，他沒有魔法都能幫得上忙，開心得眼睛都在笑。

牆邊有一座紅磚烤爐，上層是烤爐，下層放木柴。莎拉姨姨打開上層烤爐的門說：「你可以在裏面研製魔法藥丸。」

「你不是想烤兔子吧？」白公子幽默地說。

莎拉姨姨彎起眼睛，反手掩着嘴巴說：「啊呵呵呵！不是煮食時，我不會燒木柴啦！」她接着收起笑臉，嚴肅地說：「芝士兔，你要做出會**噴射七色彩虹光柱**的魔法藥丸，時間只有十五分鐘。」

「知道了。」

「不如我陪你進去。」希樂很擔心芝絲露。

「我每次都是自己製藥的，啊，不對，橡子精靈有時會陪我。」

芝絲露變成小兔子，跳入烤爐裏。莎拉姨姨把門關上，門頂多了一個計時器，開始倒數十五分鐘。

☽ ★ ☽ ★ ☽ ★ ☽ ★ ☽

在魔兔便利店最後面，有一道隱形的門，也能通往**魔法廚房**，芝絲露經常在廚房研製魔法藥丸。

門，連接不同的世界，門後可以是真實房間，也可以是魔法空間，兩者的時間流動速度並不一樣。門的魔法很複雜，通常只有頂級魔法兔才能運用自如。

當莎拉姨姨關上烤爐的門後，烤爐的空間隨即變大，變成設備齊全的魔法廚房。

芝絲露變回人形，看到架子上琳琅滿目的材料，不禁「嘩」的叫了出來。

「既然身在沙漠，就要**用當地原材料**。」

芝絲露把黃沙、仙人掌和露水放在鍋子裏，一邊攪拌，一邊注入魔法力量。鍋子的材料漸漸變色，並且噴射出光柱。

「只有紅黃綠三色，失敗了！」

這些魔法藥丸也能變身，只是法力不足以對付極惡魔王。芝絲露把它們放在一旁，改用其它材料。

「我要專心、專心、專心！」

芝絲露**摒除雜念**，接二連三地嘗試，但都是失敗收場。

「怎麼辦？怎麼辦？」芝絲露合上眼睛，用手指敲太陽穴，突然想到：「甜筒頭飾有暗格。」

芝絲露取下甜筒頭飾，頭飾自動變大，她打開雪糕球，伸手進去東摸摸、西摸摸。

「我找到了！」

芝絲露拿出一個小瓶子，裏面有一朵鏡月花，是她在風車島的顛倒水世界撿到的。這朵花得來不易，她特地**放在暗格裏**，可是過了一陣子，她便忘記了。

回想起來，小時候製作魔法藥丸，並沒有噴射出光柱，法力**只能維持三分鐘**。來到魔兔便利店後，藥丸法力不斷提升，可以維持更長時間。直至最近，每次研製藥丸都會噴射出三色或四色光柱，法力也逐漸增強。

「我好像在哪裏見過**七色彩虹光柱**。」

左思右想，芝絲露「啊」的叫了一聲：「有一次，我在太陽公園的地底找怪獸，不小心被怪獸困在水晶球的幻象裏。我在幻象中的家做魔法藥丸，噴出七色光柱。那時候為什麼會這樣呢？」

芝絲露走來走去，努力回想當時的情形——起初，她不知道那個家是幻象，直至媽媽叫她留在家裏。因為媽媽平常不會這樣説話，所以她終於清醒過來。

之後，芝絲露聽到遠處有人叫自己的名字，那是芭妮、白公子和人類女孩天欣的聲音。她將所有材料丟入鍋子裏，最後噴出七色光柱，射穿水晶球。

脱險過程看似亂打亂撞，其實**隱含着特別意義**。

芝絲露在褲袋裏摸出三顆水果糖。這是橡子精靈最喜歡的零食，她長期帶在身上。

她在架子上取出一塊紅岩石，跟鏡月花、蠍子屍體和水果糖一起排在桌上，説：

「還欠什麼呢？嗯……對了！」

她取下耳朵旁的小花髮夾，是人類女孩靜蓓送給她的禮物。

做不出七色光柱的原因，不是法力太弱或不夠專心，而是**欠缺感情**。桌上的材料都和同伴有關，包含着人類、橡子精靈、魔法兔和小飛龍的感情。

芝絲露把桌上五種材料放入鍋子裏，握着勺子，誠心祈禱：「請幫我做出能夠消滅極惡魔王的魔法藥！」

芝絲露攪拌鍋子的材料，注入魔法力量，材料漸漸變色……

第⑨章 極惡沙塵暴

時間一分一秒過去，希樂在紅磚烤爐前走來走去。

「你好像等待烤兔子出爐的廚師。」白公子說。

「十五分鐘太短了，不如加時。」

「這樣會烤焦喔。」芭妮說。

「你們還有心情開玩笑，難道不擔心嗎？」

「**擔心什麼？**」芭妮和白公子同聲問。

「自己一個在密室裏，芝士兔可能會有**幽閉恐懼症**，可能受傷流血不止，可能想起橡子精靈，再次失去鬥志。」希樂皺起眉頭，急得跺腳：「你們很冷血啊！」

「我們不是冷血，而是**相信芝士兔**，現在的她絕對沒問題。」白公子說。

「你放心，絕對沒問題。」泰然的口頭禪在希樂耳邊響起。

每當希樂擔心這個擔心那個，泰然都會笑着説出這句口頭禪。事情到最後不一定有好結果，但也一定不會出大問題。

希樂一直覺得泰然只是隨口説説，沒有特別意思。或許，泰然真的**沒有想太多**，只是單純地相信身邊的好朋友。

「你的衣服沾到很多沙子。」莎拉姨姨拍走希樂背部的沙子。

「原來體育服背後有圖案，我現在才留意到。」白公子説。

「那是以前的畢業生設計的……」希樂忽然想到什麼，走到全身鏡前，背部的圖案清晰可見。他喃喃自語：「**原來是這樣。**」

這時，紅磚烤爐傳出燒焦的氣味，還有黑煙漏出來。

「真的烤焦了！」希樂捧着臉頰尖叫。

紅磚烤爐劇烈地震動，「咻！」一束七色彩虹光柱射穿烤爐頂部，噴到天花板後，再向四周散開、飄落。

「**彩虹雨！**」希樂目瞪口呆。

芝絲露從烤爐頂部的破口跳出來，神氣地舉起一個沙漏說：「**全新魔法星沙！**」

「竟然不是恐怖藥丸。」白公子說。

「極惡魔王會變來變去，未必有口吞藥丸。就算有口，也不會乖乖地吞下去。所以用星沙最適合，是不是很可愛？」

「名字的確很好聽，但為什麼是**灰黑色？**」芭妮取過沙漏，仔細一看，沙漏裏全是灰灰黑黑的灰塵。她瞇起眼睛說：「果然是非一般可愛。」

忽然間，地面震動，房子搖晃。

「地震嗎？」希樂趕緊抱住小卡。

竹筍精靈感應到邪惡的氣息，比之前遇到的更厲害，恐懼得全身發抖。

「極惡魔王來到附近了。」莎拉姨姨說。

白公子望向牆壁，問莎拉姨姨：「可以借卷卷藤給我嗎？」

「當然可以。」

白公子左手按着藤蔓胸針，胸針射出一道光。他向着光線伸出手說：「來出門玩遊戲吧，卷卷藤！」

卷卷藤離開牆壁，繞着白公子的手臂，**化身成一個長護肘**。

與此同時，莎拉姨姨用魔法令卷卷藤變得非常堅韌，加強白公子植物魔法的力量。

「希樂、小卡、米克、竹筍精靈，你們留在屋裏，莎拉姨姨會保護你們。」不動大師說。

魔法兔們走出房子，外面天色昏暗，颳

起猛烈的風沙。

巨大的沙塵暴長出眼睛和嘴巴，掛着一張**猙獰的臉**，正在向沙漏岩石羣席捲過來。

芝絲露吞下一顆魔法藥丸，「噗」地一聲，變成一隻大麻鷹。她抓着沙漏，一鼓作氣飛向極惡沙塵暴。

當芝絲露飛到中途時，一道隱形牆擋在前面，把她彈了回去。

「極惡魔王不是想得到我嗎？為什麼不讓我過去？」

「極惡魔王可能不認得你了。」白公子說。

「怎麼可能？我只是改變外形，沒有改變氣息。」

「極惡魔王看中心存惡意的你，現在你**不憂傷、不自責，沒有惡意**，自然不認得你。」不動大師說。

「我明白了，我再試一次。」

芝絲露再次飛到天上，口裏罵髒話，心裏想着憎恨、破壞和報仇……「咚！」她再次被隱形牆擋住，狠狠地彈回去。

「為什麼又失敗？」

「你的演技太差，騙不過對方喔。」芭妮說。

「我有一個方法，可能會有危險，要靠你的意志力……」

「我不會出事的。」

不動大師還沒說完，芝絲露便打斷他的話。

看着芝絲露堅定的眼神，不動大師**決定相信她**，伸手按着她的頭。芝絲露的眼神漸漸失去朝氣和活力，內心再次萌生傷害自己的念頭。

遠處的極惡沙塵暴感應到芝絲露的惡意，體積變得更大，開始加速前進。

不動大師望向白公子，白公子叫卷卷藤綁住芝絲露的身體，像放風箏似的讓她飛上天空。

芝絲露奮力飛向極惡沙塵暴，**風沙越來越大**，白公子捉緊卷卷藤，被拉扯得雙腳陷入沙裏。

芭妮和不動大師一個接一個抱着白公子的腰，固定着卷卷藤。

我們幫你！

按照原定計劃，芝絲露要近距離擲出沙漏，然後趕快撤退。現在，芝絲露已經飛到極惡沙塵暴面前，**她竟然沒有擲出沙漏**。

「她怎麼了？」芭妮有不祥的預感。

橡子精靈化成泡泡，繼而消失的畫面，在芝絲露的腦海重複播放，有聲音不斷責備自己。

「橡子精靈，我很快會來陪你們。」

芝絲露抱着同歸於盡的決心，衝入極惡沙塵暴的嘴巴裏。三秒鐘後，沙塵暴開始變色，臉容扭曲，最後「砰」地爆破開來。

卷卷藤斷了，魔法兔們跌倒在沙地上。

「芝士兔！」芭妮哭着大喊。

不動大師收回魔法，抓着沙子的手不停顫抖。

魔法星沙不是用作變身的藥粉，它的作用是破壞惡意的凝聚力，**消滅邪惡力量**。

過了一會，一隻大麻鷹從煙硝中飛出來，在魔法兔面前降落。大麻鷹「噗」地變回人形，全身染得灰灰黑黑。

「芝士兔！」芭妮伸長手臂撲上去，不動大師卻搶先緊抱着芝絲露，激動地說：「太好了！」

「我説過不會出事。」

儘管看不到不動大師的眼睛，但是大家都知道他哭了。向來冷靜的店長，罕有地在同伴面前**流露出波動的情緒**。

沙塵暴徹底消散了，風沙不再騷動，昆蟲回復原狀。

幻日沙漠的危機解除了，魔法兔們稍為鬆一口氣，卻不敢鬆懈，因為他們知道極惡魔王只是暫時失去蹤影。

☽ ★ ☽ ★ ☽ ★ ☽ ★ ☽

「芝士兔！」希樂一個箭步衝出房子，

一臉擔憂地說：「你很髒啊！」

「這是努力的證明。」

「大家都平安無事就好了。」莎拉姨姨說。

「你為什麼飛入沙塵暴裏？太危險了！」米克問。

大家在窗前看着外面的情況，**可謂觸目驚心**。

「我當時覺得什麼都沒所謂了，沒有任何東西值得留戀了，滿滿的負面情緒。」

「她是受到我的魔法影響。」不動大師簡單地解釋。

「有一件事，我不知道有沒有看錯。」芝絲露說。

「說來聽聽。」莎拉姨姨說。

「我飛到沙塵暴的中心，在爆破前一刻，看到很多小精靈，其中三隻好像橡子精靈。」

「**橡子精靈真的沒死。**」希樂很高興。

「極惡魔王吸收山中精靈的魔法後，沒有消滅他們的靈魂，可能還有利用價值。」莎拉姨姨說。

芝絲露看到山中精靈時，不動大師還沒解除魔法。從挫敗中重新站起來後，她的**意志力變得更強大了**。

「莎拉姨姨，全靠你的幫助，初級兔子才能做出全新魔法藥，謝謝你！」

「啊呵呵呵！你已經升級了。」

「升級？」

「你做出的星沙噴出七色彩虹光柱，現在是**中級食物魔法兔**了。」

「嘩哈！我成功晉級啦！」芝絲露興奮得蹦蹦跳。

希樂很羨慕芝絲露，認清目標，勇往直前。看到她魔法升級，如同見證好朋友贏了重要的比賽。

一想到比賽，希樂便緊張起來，**不自覺地皺眉頭**。

「你又皺眉頭了，有什麼擔心的事嗎？」芭妮問。

「我明天要參加骨牌比賽。」

「骨牌很好玩，比賽加油啊！」芝絲露説。

「我們練習了很多次，沒試過推倒所有骨牌，明天會不會成功呢？如果我在比賽中途不小心推倒骨牌，夠不夠時間重新來過？如果明天泰然生病，只得我一個怎麼辦？如果……」

「**深呼吸，慢慢來，深呼吸。**」白公子深呼吸，希樂跟着做，繃緊的表情慢慢放鬆。

「你因為擔心比賽會失敗，所以反覆練習，事前做好準備。你不是擔心得什麼都不做，這樣很謹慎啊！」芝絲露說。

「謹慎？」希樂想起兩隻青蛙，其中一隻處事謹慎，問清楚才行動。

「生活中有很多**不確定的事**，有時會擔心也很正常。但是，過度擔心將來未必會發生的事，就沒辦法專心做好眼前的事了。」

希樂終於明白謹慎的青蛙和自己的分別：謹慎的青蛙**擔心的是實際情況**，而自己的擔心**來自想像**。

「所有情緒都有好處，自責使人自我反省，擔心使人處事謹慎。**凡事要適量**，情緒也是一樣。過度自責會傷害自己，**過度擔心令人無法向前走**。」不動大師說。

芝絲露和希樂望着對方，嘴角向上彎起來。他們都曾經迷失，現在找到光的出口。

「你的父母希望你快樂，才會叫你做希樂吧？你經常皺眉頭，會變做皺皮瓜。」芝絲露揉搓希樂的眉心。

「你也做過皺皮瓜呀！」希樂出手還擊。

白公子撥一下頭髮，實踐「兔神」的諾言，陪希樂坐着米克在天空飛翔，還用卷卷藤做安全帶。

成長的天空時晴時雨，有人重視你的感受，耐心地、溫柔地體諒你的軟弱，就可以少一些恐懼，多一些勇氣。

「謝謝你們！我怎樣回去參加骨牌比賽？」

「到處看似沒有門，門其實無處不在。只要你伸出手，就會有出口。」不動大師說。

希樂在空中伸出雙手，說：「芝麻開門！」

晃眼間，一道門直立在沙地上。

「這次是《阿里巴巴與四十大盜》。」白公子笑着說。

「我很想說一次這句咒語。」希樂頑皮

地笑。

「比賽加油！」芝絲露説。

「你們一定要打敗極惡魔王啊！」

希樂走入門裏，當門關上後，沙地上的門也消失了。

第⑩章 高難度挑戰

希樂回到學校活動室，看到手提電話掉在地上，彎腰撿起來。

陌生男人聽到聲音，回過頭和希樂的視線對上。希樂緊張得猛吞口水，大着膽子問：「你是誰？」

陌生男人放下黑色大背囊，轉身指着背部，灰色T恤寫着「快狠準維修公司」。

「我沒有猜錯。」希樂放心了。

在沙漠的房子裏，希樂在鏡子前看到體育服**背後的圖案**，聯想到灰色T恤可能是維修公司的制服。

「你還未放學嗎？」維修師傅問。

「放學了，你在這裏做什麼？」

「維修冷氣機，今天有太多維修工程，

現在才有時間過來。」維修師傅見希樂有點猶豫，拍着胸口說：「我保證今天會修理好，你們不會在課室中暑的。」

每當冷氣機發生故障，穿灰色T恤的維修師傅都會來學校，由於公司名字很有趣，同學們喜歡拿來開玩笑。

維修師傅正想爬上梯子，抱怨說：「鞋帶又鬆了，**剛才在門口才綁好**。」

原來他蹲下來是為了綁鞋帶，不是看踩點記號。那些**數字和符號**是什麼意思？

☽ ★ ☽ ★ ☽ ★ ☽ ★ ☽

希樂帶着滿心疑問來到走廊的壁報板前，尋找一張海報。

「果然是這樣。」

昨天早上，泰然本來想看**閱讀小組的海報**，卻被希樂強行拉走。

負責閱讀小組的何老師是偵探小說迷，

每年都會和同學玩解謎遊戲，今年的主題是「門框上的神秘數字」。

「你還沒走嗎？」泰然從教員室出來。

「你看這裏。」希樂指着海報説。

「哈哈！原來**何老師才是神秘人**。」

謎團解開了，希樂的心情也平復了，明天會是怎樣的一天呢？

☾ ★ ☾ ★ ☾ ★ ☾ ★ ☾

第二天，劉老師帶骨牌小組的同學參加「小學創意骨牌比賽」。

「嘩！好大！」希樂和泰然同聲説。

比賽會場比學校禮堂大得多，聚集了多間小學的學生也不會感到擠迫。

比賽即將開始，希樂緊張得**心跳加速，呼吸急速**。

「如果有蒼蠅飛到骨牌上，觸動了機關怎麼辦？高塔會不會倒下來？如果失敗了，我們會被劉老師趕出骨牌小組嗎？」

希樂擔心太多的毛病又發作了，泰然搭着他的肩膀說：「你放心，**絕對沒問題**。」

兩個人一起就不會害怕。

希樂揉開眉心的皺紋，慢慢深呼吸，讓自己冷靜下來。

開始比賽了，希樂和泰然小心翼翼地立起骨牌，堆出跟練習時一樣的高塔。

評審員一邊觀察，一邊評分。四十五分鐘後，各個組別輪流推倒骨牌。

泰然輕輕碰倒第一塊骨牌，其餘的骨牌按照次序倒下。「叮！」骨牌成功觸碰機關，敲響塔頂的鈴鐺，然後轉彎、迴旋、再轉彎……

骨牌在**第二個轉彎位置卡住**，停下來了。

「失敗了。」希樂很失望。

「但這是我們最好的成績。」泰然說。

「嗯，**我們進步了呢！**」

希樂明知不會獲獎，頒獎時一點也不緊張。

結果，希樂和泰然真的三甲不入，卻拿到**「高難度挑戰獎」**。

「我們是成功還是失敗？」希樂問。

「當然是成功啊！」泰然高舉獎牌，笑着說：「大成功！」

看着泰然的笑臉，希樂也笑了，慶幸自己加入了骨牌小組。

「謝謝！」希樂說。

「為了什麼？」泰然問。

「**謝謝你陪着我！**」希樂有點不好意思。

「感謝我，就請我吃雪糕。」泰然乘機敲詐。

比賽開始後，希樂便專心堆骨牌，心裏只想着骨牌，沒有多餘心力去擔心。那些想像中的壞事，**也統統沒有發生**。

以後，面對不確定的事，還是會有所擔心。每當擔心太多時，就慢慢深呼吸吧，專心做眼前的事，**嘗試向前踏出一步**。這樣累積下去，就可以越走越遠吧。

「希樂、泰然，過來一起拍團體照。」劉老師喊。

所有骨牌小組的成員舉起勝利手勢，綻放出燦爛的笑容。

第⑪章
古老的魔法

芝絲露沖洗乾淨身上的灰塵後，站在紅磚烤爐前，伸長脖子左看右看。

「你想再衝破多幾個洞嗎？」莎拉姨姨問。

「我不小心把烤爐弄破了，對不起！」

「啊呵呵呵！我會把維修帳單交給你們的店長。」

「我們趕走了極惡魔王，你有必要斤斤計較嗎？」不動大師說。

莎拉姨姨**當然不介意**，她只是喜歡和年輕人開玩笑。

魔法兔和小飛龍來到幻日沙漠後，一直東奔西走。現在安頓下來，幻影魔法兔就在面前，他們終於可以好好對話。

「莎拉姨姨，竹筍長老說你會解開所有謎團，請問我們要**去哪裏找伯特？**他和極惡魔王有什麼關係？」芭妮問。

「**你剛才看到嗎？**」莎拉姨姨問不動大師。

「嗯，看到了。」

「看到什麼？」芝絲露問。

「極惡沙塵暴退散時，周圍沙塵滾滾，有一個**帶『S』形尾巴的小黑點飛走了**。」不動大師說。

「有嗎？我沒有看到。」白公子摸着下巴說。

「那個黑點是**極惡魔王的核心**，煙霞也好，沙塵暴也好，都是從核心演變出來的。」莎拉姨姨說。

「極惡魔王果然是『黑心』的，他會去哪裏？」芝絲露問。

莎拉姨姨輕歎一口氣，不動大師面有難色，誰也不想先開口。

「極惡魔王會去哪裏？」芝絲露再問一次。

「那個方向，最近的城鎮是……**向日鎮**。」不動大師說。

「不會吧？」

芝絲露在向日鎮出生，長時間置身於沙漠之中，喪失了方向感，她現在才知道**故鄉就在附近**。

「竹筍長老叫你們來找我，是因為伯特最近來找過我。」

「爸爸現在在哪裏？」米克緊張地問。

「他飛走了，去了向日鎮。」

又是向日鎮？一個個問號在眼睛裏跳動，不知道該問什麼才好。

莎拉姨姨用魔法棒掃一下全身鏡，鏡子

中浮現出**一羣小飛龍**，她說：「在月落之國，遠古的小飛龍天生有魔法力量，他們熱愛自由，認為**魔法是束縛**。當魔法兔出現後，有些小飛龍減少用魔法，有些終生放棄魔法，以致魔法日漸失傳。」

「小飛龍和魔法兔一樣，**魔法都是天生的**，怎麼會失傳呢？」芭妮說。

「你們回想一下，當初怎樣學會用魔法？」莎拉姨姨問。

「媽媽教我的。」芭妮說。

「爸爸教我的。」白公子說。

「外婆教我的。」芝絲露說。

「就算天生有魔法力量，沒有人教你，也不懂得怎麼用。」

大家恍然大悟，很久沒想起第一次使用魔法的情形。

「一年前，伯特感應到惡意正在匯集，

他聽父母提過極惡魔王的事，於是離開鬼火山，尋找父母生前的朋友，想知道有什麼應付方法。」

「那些朋友包括你和竹筍長老？」不動大師確認道。

「是的，還有其他**年長的小飛龍和山中精靈**。」

「爸爸為什麼不和我們商量？」米克問。

「伯特不知道事情比他想像中嚴重。」莎拉姨姨摸摸米克和小卡，柔聲說：「只有**特殊體質的小飛龍**，才能感應到惡意，喚醒潛在的魔法力量。伯特需要幫忙，請你們去向日鎮。」

出發前，芝絲露講解向日鎮的位置和地形，商量有效的策略。

莎拉姨姨叫不動大師到窗前，想和他單獨對話。

「我有好東西給你。」莎拉姨姨送上一支魔法棒。

「真古老！我沒用過魔法棒，要念什麼咒語？」不動大師隨意揮舞魔法棒，卻沒有使出魔法。

「你的《伊索寓言》也很舊，**越古老的東西越實用**。」

「謝謝！」

「你對父母的記憶，停留在幾歲？」

「十年前，他們離世之前。」不動大師巧妙地避開年齡的問題。

「你一直壓抑住自己的力量，一定很苦惱吧？」

不動大師對芝絲露施加的，是**喚醒內心傷痛的魔法**。這種魔法很危險，有人會積極面對，有人無法再振作，好影響或壞影響只是**一線之差**。

無論法力多麼
高強，都不能
孤軍作戰。
我會好好
記住的。

一切準備就緒，大家在大廳中央集合。

竹筍精靈吹出一個大泡泡，包圍着所有人，「啵」的一聲，在屋裏**消失無蹤**。

一秒鐘後，魔法兔和小飛龍到達位於高原的向日鎮。

現在正是野生向日葵盛開的季節，期望中的美麗小鎮卻**聞不到花香**。

「怎會這樣？」芝絲露震驚得全身僵硬。

高原的植物枯萎，房屋破爛，寂靜的空氣**充滿惡意的味道**。

芭妮和白公子站在芝絲露兩旁，握着她的手，手心的温暖安撫顫抖的心。

芝絲露深呼吸，以堅定的聲音說：「**我們出發吧！**」

猴子和駱駝

動物們在森林舉行晚會，靈活的猴子大展身手，表演跳舞。猴子的舞姿好看，表情有趣，動物們都拍掌歡呼，哈哈大笑。

駱駝十分羡慕猴子，也想得到動物們的稱讚，他說：「我也會跳舞，猴子沒有什麼了不起。」

動物們對駱駝說：「你也來表演，讓我們好好欣賞吧！」

於是，駱駝走出來跳舞，他的身體笨重，手腳不靈活，舞姿怪模怪樣，一點也不好看。混亂中，駱駝還撞到身旁的動物，踩到他們的腳。

原來駱駝根本不會跳舞，只是盲目模仿猴子，動物們十分不滿，最後把駱駝趕到沙漠裏去。

駱駝和阿拉伯人

有一天，一個阿拉伯人在市集買了許多東西，他把貨物全部放在駱駝的背上。

當駱駝準備起行時，阿拉伯人故意問駱駝：「你想走上坡路，還是走下坡路？」

駱駝歎一口氣，平靜地說：「你明知貨物很重，上坡或下坡同樣辛苦，等於沒有選擇。難道就沒有平坦的路可以通往沙漠嗎？如果你真的要我選擇的話，我要走平坦的路。」

兩隻青蛙

這個夏天非常炎熱，很久沒有下雨，池塘都乾涸了。兩隻青蛙只好搬家，出發尋找適合居住的地方。

兩隻青蛙走了很多路，終於找到一口深井，但看不到井裏有沒有水。

一隻青蛙想也不想地說：「井裏一定有很多水，我們現在跳下去，好好享受新生活啦！」

「不要跳下去！」另一隻青蛙處事謹慎，說：「你試想想，這口井很深，如果我們跳下去後，發現已經乾涸了，怎樣從井底上來呢？」

下集預告

神秘學生穿越魔法之門，
帶來撼動心靈的驚喜。

極惡魔王會帶來什麼破壞？
最強敵人有沒有弱點？

惡意日積月累成惡魔，善良的魔法兔
怎樣拯救月落之國？

魔兔傳說SOS ⑦

出乎意料的大結局！

魔兔傳説 SOS ⑥　沙漠大異變

作者：利倚恩
繪者：岑卓華
主編：譚麗施
美術主編：陳皚瑩
美術設計：梁穎嘉
特約編輯：莊櫻妮

總經理兼出版總監：劉志恒
行銷企劃：王朗耀、葉美如
出版：明報教育出版有限公司
香港柴灣嘉業街 18 號明報工業中心 A 座 15 樓
電話：(852) 2515 5600　傳真：(852) 2595 1115
電郵：cs@mpep.com.hk
網址：http://www.mpep.com.hk
印刷：創藝印刷有限公司
香港柴灣利眾街 42 號長匯工業大廈 9 樓
初版一刷：2024 年 3 月
定價：港幣 68 元｜新台幣 305 元
國際書號：ISBN 978-988-8796-21-2

補購方式

網上商店
- 可選擇支票付款、銀行轉帳、PayPal 或支付寶付款
- 可選擇郵遞或順豐速遞收件

mpepmall.com

電話購買
- 先以電話訂購，再以銀行轉帳或支票付款
- 訂購電話：2515 5600
- 可選擇郵遞或順豐速遞收件

讀者回饋

感謝你對明報教育出版的支持，為了讓我們能更貼近讀者的需求，誠邀你將寶貴的意見和看法與我們分享，請到右面的網頁填寫讀者回饋卡。完成後將有機會獲贈精美禮物。數量有限，送完即止。

https://www.mpep.com.hk/leeyiyan